COAL SACK
銀河短歌叢書3

羽

森 水晶 歌集

歌集

羽

目次

Ⅰ

Ⅱ

Ⅲ

歌集

羽

森水晶

僕はやがて知ることになるエーテルというものを、
その時、生まれて初めて感じた。
そして涙があふれた。

岩井俊二『リリイ・シュシュのすべて』

I

Mへ

パラソル

傾けて雨やみしこと確かめて君はパラソルそっと閉じたり

忘れない　かなしみに手を触れし夜のまだ咲き初めし水仙の香を

夜の道を流るる雨をトラックの轢《ひ》いて走るを聴きつつ眠る

山に降る雨は夜更けに東京の街を濡らしにゆくのだろうか

しずかなる炎のなかにひとのいてふと微笑みぬうつくしきかな

浅き夢　青年の君にわれがなり風の川原で草笛を吹く

宝物みせるがごとく君が手をひらけば螢ひとつ舞いゆく

苦しいと漏らしし手紙やぶり捨て窓あけはなし夜風を入れる

優勝の騎手が笑顔で観客に投げる花束空に孤を描く

オークスを制しし騎手の投げる花束かぐわしき五月の薔薇

羽

同じ羽をもつ鳥は群れ異形なるわれらはぐれて星空に会う

なぜ君は高い場所から飛び降りる無茶が好きなの蒼ざめた空

ああ未だわたしの前に降りしきる火の粉のようなきさらぎの雪

東京に未練はなきと思えどもわが胸底の針ほどの穴

東京がいたずらに引く後ろ髪断ち切るための鋏をください

それでもこの世は生きる価値のあるうつくしい場所と君は笑った

かの恋は短い夏の花車いろとりどりの夢を積みあげ

夏草に虹を映した水溜り鏡の割れた宝石箱

もう一度われらの夜がよみがえり光かがやくことを祈らん
もし罪があるというならいま君がひとつの夢を怠ることだ
だれにも邪魔することはできまいよ命誓った間柄なら

焼け焦げた戦禍の街にひとつぶの希望の種がまかれる時に

ぬけるようなとけるような青い空君が笑うと胸が痛くなる、　なぜ

花ざかりの森

ゆうぐれのひとり歩きの儚《はかな》ごと帽子をとりて花びらを受く

もし君とわれの間に少年のあらばと思う花ざかりの森

背伸びして二十歳のわれを抱きしめてくれるだろうか十二歳の君は

花屑をかき抱きなお夢をみる春の限りの夕暮れの空

会合のひとつもまともにゆけなくてキャンセル続く歌人失格

夜の窓に女男《めお》の映りておもむろに女が崩れて男に縋《すが》る

放浪の旅に出たいと君が言う配管図面引く手をとめて

もう仕事したくないよと君が言うもう疲れたと甘い瞳で

北から南、競馬場をめぐろうぜ旅打ちしよう君も一緒に

七夕のレース終りし星空に馬は疲れて水を呑みたり

星明り

胸にある乱れし髪を指で梳く脈脈と打つ鼓動をきかせ

星明りにかなしく映るひとすじの白き髪まだ若き君の

後悔をしていないかと問いかけて飲みこんでただ星明り

ベランダよりガラス越しの君をながむればわれは異界にあるごとせつなし

いくつもの星がうまれてかがやいてやがて死にゆくそのくりかえしそのせつな

暁のうすくれないの雲をひき星消ゆるごとわれも消えんか

たったひとつでも残せただろうかうつくしい光のようなものを君に

はかないせつないやるせない約束をして何処へもいかないと約束をして

君の髪に指を絡めしまま眠る二度とは覚めぬ眠りのように

星の夜

装幀に描かれし馬は永遠に天翔けるらん星降る夜を

もう二度と観ることも買うこともなきサラブレッドは翼を持てり

部屋を去る最後に署すわが献辞　歌を捧げしひとの名前を

「二十年三十年でも待っている」聖夜に届くメール削除す

糸をひく猫の鳴き声冬空に吸いこまれゆき流星となる

II

酔芙蓉

酔芙蓉音なく落つるゆうまぐれ恋の予感は殺して会わん

壁際の水槽にそよぐアロワナをながめておりぬわが光として

幾たびも文にて嗅ぎしブルードゥシャネル今宵はシャツの襟より香る

会いたかった　言えば壊れる仲にして氷ひとつをグラスに落とす

兄さんと呼んでも良いかと尋ねれば駄目と応える目を細めつつ

左腕に刻まれるわが罪科を事無しと笑い包みくれたり

さりげない話題例えば昨夜みし夢の話にこころ安らぐ

夜の更けて檸檬の木の立つ庭先に人影よぎる水を遣りしか

神様はガラス細工でつくり給いき　蟬・風・人の声

汚れた体と汚れた心で抱き合えば汚れた猫も寄り添いて鳴く

さ夜深くさみしき頰にほほ寄せて眠りをねむる儚き夢よ

夏の夜を刹那花火と咲くのなら君が窓辺を飾りて消えん

便箋のするどき縁で指を切るわずかの傷に涙とまらず

カンナ

君からの文を抱きて眠りけり甘き香りもその魂も

この泥を泳ぎ抜ければ生き延びん息つぎをせぬ雨のクロール

向日葵は背負いきれない雨をのせ首うなだれて夏を過ごせり

「カナリアが逃げたの誰か捕まえて！」３号室の住人が叫ぶ

逃げ出せば死ぬほかはなしカナリアの雨雲を越え消えゆくをみる

ピン銜《くわ》え合わせ鏡に髪を結う赤きカンナの映りていたり

日傘さし午後よりしまう工場のサイレンの音を河原に聴きぬ

陽炎のたつ遊歩道犬を連れ親子通るを夢のごと見つ

ボンネットひらいたままに錆びつきしアメ車にからまる夏の蔓草

廃品に囲まれ棲むや小屋よりか漏れ聞こえくる真夏のレゲエ

てのひらを陽に翳しみる絶望の虹あらわれて空のぼりゆく

青空よ、兄よどうして許さんか人は己を己の罪を

捕らえてはならぬ蝶々に網をふる冷夏の果ての八月の空

溶接を生業とする壮年の指よりコロンと火の匂いせり

白炎の燃える瞳のうつくしと思いし日より天に背きぬ

奈落より罪は深しと告げたくて胸の釦《ボタン》に指をすべらす

捕らわれて羽震わせる青き蝶にふるえる指で砂糖水遣る

雨

いくつもの雨くぐりぬけ会いにゆくすべて失う恋と知りつつ

水色のワンピースを買いたるも明日の天気予報は雨降り

わが髪を撫づる優しき夫の目をみられなくなり背中を向ける

憎しみも厭うこころも倦怠もひとつだになく愛しきものを

隣室にパソコンを打つ静けさの夫のいのちの透きとおりゆく

悪いひとよ今より不幸になるだろう星は囁く哀しい予感

雨の朝ためらう気持ちはなくなりて戻れぬ橋を渡りゆきたり

渋滞を告げるメールをひらきつつ胸のたかまる駅前広場

夏の雨を纏《まと》う車のすべるごとロータリーに近づきてくる

ドアを開け微笑む君が袖まくり羽織るリネンの水色のシャツ

ともかくもここから遠く晩夏《おそなつ》の蓮の花咲く外れの池へ

雨に打たれ乱るる蓮は花びらをひとつふたつと泥へ落せり

冗談ばかり言いたる口がもう何も言えなくなりて雨をみている

沈黙ののちに手をとる低き声夏も終わるるね　夏が零るる

朔月

水晶のかけらとなりて夏の陽のきらめく湖《うみ》を君とみている

ハンドルの片手を離しわれの手を包むてのひら　吸わるるごとし

立葵・木槿《むくげ》・芙蓉　夏花の華やぐ儚さ窓を流るる

まひるまの熱をたもちて薙ぐ草の匂いなまめく夜の公園

罪もなくただなつかしくただ君にやさしくしたいさみしきてのひら

抱くことは痛みもともに抱くことと知りたり髪に顔をうずめて

壊れる…とつぶやきたるを塞がるる夏の抗いうすれゆく夜

わが腕に彫られし罪を消すために君が何度も唇を押す

さみしさの糸をひきつつ逝く夏の遠空にふたつ花火のひらく

愛すれば哀深まりて夏の果てに蜩《ひぐらし》の湧くこの奈落より

君だけのわれにあらねどわれだけの君と希《ねが》えりその想い出も

あのひとのことは忘れて　震えつつ君の指より指輪をさらう

海よりも深い悲しみターコイズブルーの石の草にころがる

なにもかも夢とおもえば苦しみも消えるだろうか細りゆく月

胸おさえ白き錠剤のみくだす長く生きたしひとりのために

テーブルの檸檬手にとりみつめればかなしみ湧きて頬に押しあつ

日の暮れてねぐらに帰る鳥たちのゆくえを追えり東の空に

遠き街にひとつふたつとともる灯のこのさみしさを君にほほえむ

いのちとして手首にあまる水晶の数珠に寄せるや君も今頃

満月に三人の幸を祈りしが朔月ついに二人となりぬ

深海

賜りし林檎の箱に溢るるを独りの君を想いてみつむ

秋林檎つややかなるは人々に食さるるるため　寂しからずや

鰯雲ガーゼのごとくひろがりて君に会いたき胸に手を置く

野薊《のあざみ》を手にとり強く握りしむ赤き血滲むを君にみせたし

会いたさの募ればあわれ喜びも苦しみめきて紅を引きたり

「誰とも触れ合わないで」雨の日のメールさびしも人妻われに

咲く花のありか知らねど金木犀は胸しめつける匂いふりまく

同じ香を胸に吸い込み同じ花の色を愛でたる幸を歌わん

扉閉めここは深海地上には吐息も声も届きはしまい

柔き髪かき乱す指の指先の先の先まで君に溺るる

誰ひとり知ることのなきわが内の奥の奥まで君を呼びこむ

つながるるときのま記憶蘇るひとつでありし前世のからだ

つながれしまま耳元に水晶とわれの名を呼ぶ熱き声聴く

地上まで戻れば秋の深まりて夜の枯葉の湿れる匂い

遠離るテールランプを送りつつ戦慄す君の存在と不在に
実を結ぶことなき卵の真夜中にコトリと生るる君を求めて

夢

病院のベッドにわれは夢みたり君かたわらに微笑んでいる

死ぬほどの恋とはこのようだったのか君を知り君と逢い君に触れ

生きてゆく不安抱える君といる束の間われは安らぎ覚ゆ

ばかだね　ばかなんだよ　ばかという言葉がこんなに愛しいなんて

缶詰のまま食べるという夕食に泣けてくる猫じゃあるまいし

君の買う本命の馬を応援す彼の夢見る穴馬でなく
ただひとりを求め続けし入院の苦しき日々を幸福と呼ぶ
ひたひたと夜の病室に流れくる光のようなたましいの声

わがいのち君に流れて恋よりも愛よりも深き想いを知りぬ

いとしみてわが肌を撫づる君の手をいとしみいとしみかなしみ極む

紅葉

訪ね来る君に見せなんくれないに燃ゆる紅葉をわが燃ゆる頬

うつくしきところと賛美す秋化粧したる山々小さき街道

あざやかな干菓子のごとき葉の散りて境内の地は華やぎており

息白く正装の人々集い来ぬ笑顔絶やさぬわが師を囲み

幕被る歌碑に向かいて綱を持つ誇らしき師を記憶にとどめん

誇らしき師の晴れ姿に涙する不肖の弟子とわれをおもいて

目つむれば出会いしのちの走馬灯痛みとともにめぐりきたりぬ

青空は集いし人らの歓声を吸いあげて澄むかなしみのごと

ターコイズブルーの空に冷えしきるわが指先は君の手さがす

美丈夫の君がコートの立ち姿ほれぼれとみる人混みのなか

列席者の拍手に遅れ拍手するこころを空にとらわれし身は

離れ立つ大き背中のかたときも忘れずわれを守りておりぬ

さやさやと石のまろみをこえゆきて冷えゆく水のこころ極まる

人妻に恋せしゆえに牧水のうたはかなしと師は説きており

さびしさのかさなりしとき白鳥は翼をもちて空に翔びたつ

一陣の風通り過ぎいっせいに紅葉の降り来冷えゆく山に

舞いながら落ちゆく紅葉に歓声をあげる人らの声遠くなる

枯葉の寝床

ゴミ袋と破れ毛布を枯芝に敷きて語らんよしなしごとを

草のうえに置かれし眼鏡に秋蟻の這うをみており温き腕のなか

厚き胸飾れる銀のニトロペンわれは抱きしむ君のいのちを

残されしわれらがいのちの残り日を一分一秒君と生きたし

まちがいを幾度も犯しし罪びとに宿れる神のおわすや否や

レギンスにブーツ履きたるわれを指し「スナフキンみたいな脚だね」という

夕方のニュースに映る東京の冬めくさまに涙こぼるる

かつてわが捨て去りし街東京は父母の街君暮らす街

東京に戻りたくて帰れずに十六年過ぐ手首も細り

夫に背を向けて眠れる真夜中にちゃりりんと鳴りしスマートフォンは

常緑の檸檬の枝の葉を落とし天の怒りの木枯らし荒ぶ

水晶の舟がゆっくり空よぎる乗りそこねたる地上のわれら

さかさまの空は星空ときおりに白き鳥影ひらめくをみつ

星の歌う賛美歌きこゆあたたかな身体の重み確かに感じる

水晶の舟が音たて壊れゆく空は彼方に星を散らして

月と太陽

君は月われは太陽などと言いひかれあいしがぬばたまの夜

太陽と月をかたどる柄のナイフ互いの喉にあてがい黙す

今生で添えぬものなら次の生またその次の生と誓いをたつる

われの名を君が呼ぶたび灯のともるかくも淫らなおんなになりぬ

ましろなる闇に光れる湖の顕れさざめきやまずなり

湖に君を沈めてわがものになれと叫びし声はちぎるる

愛交わし離るるときのさみしさは樹の裂ける音痛みときこゆ

冬の川に去年の紅葉の裏になり表になりて流れゆきたり

川のなか凍える指にからまるもすり抜けてゆくあまたの光

いまひとり頼めるひとの連絡の半日絶えて狂わんばかり

ウォーターヒヤシンスの瓶倒したり蕾のままに蕾こぼるる

テーブルより落つる滴のぽたぽたと呆けながむる胸さむくして

わが生の拠り所なきに慄《ふる》えおり己が腕を抱きうずくまる

胸のうえ両手を組みて眠りしが救われぬ朝の重たき瞼

枯芝に戯るる幼の柔き髪に冬の陽の射す神宿るらん

冬の陽に君は捨てきし娘をおもいわれはかの日の娘らおもう

かつて風をとらえし羽の残骸のつめたき泥にまみれて散りぬ

雪夜叉

雪もよい東の空の君想い鋭き眉になりにけるかも

拾い来し猫を抱きて夫眠る部屋を出でたり置き文もなく

旅行鞄抱えて青き雪道をよろけつつ行くわがいのちかな

タクシーのヘッドライトが凄絶な女の顔を夜道に照らす

吹雪く夜の関越道を雪夜叉がひた走りゆく東へ向かい

ただならぬ客に慣れたる運転手ラジオのヴォリュームややあげる

古きジャズのゆるく流れて温もれるシートにもたれ窓に目をやる

さようなら山よ川よ十六年暮らしし町よいつかの青空

さようなら一途な想い十八年愛せし夫よ愛されしわれよ

懲りもせず色恋沙汰を繰り返す愚かな性に涙こぼるる

目つむれば夫が抱きし猫の仔の鳴き声きこゆ空耳なれど

雪に滲む街のあかりの揺らめきを深く刻まん痛みとともに

あの夏に時間をもどせばいかにせんわが感傷をしばし許せ君

闇に浮く雪降りつもる檸檬の木は審判の日の十字架のごと

タクシーのドア閉まる音に気づきしか窓の向こうに揺れる人影

幾度かわれにはありしことなれど君に捧げんただ一度のこと

一生に一度のことを君は知る二度とは来ない夜の震えを

待ち受けるわが魂のかたわれよ烈火の生のいまはじまりぬ

苦しくも逃るることの許されず死ぬまで生きる残りの時間

やがて終わる恋の炎のそれからのわれらの生をうたに託さん

ドアを開けいまは火となり口づけよ雪あかり耀《きら》う永遠の夜

約束は叶えるためにあると知る君に手を添え香炉に火入れ

月光の君が背中を濡らす夜わがためにのみ炎立ちせよ

甘き膝に顔をうずめてかなしむを天窓の月にあばかれており

君とわれあと一万回つながらん過ぎ来し日々を越すほどまでに

くれないの血潮の吹雪く胸重ね生まるる前のかたちにもどる

ひとはみな生きるのみにて罪ゆえに百年のちはみな死刑という
遠からぬ死刑の日までともに生きんうたを愛してうたに生かされ

Ⅲ

ＬＯＴＵＳ

ＬＯＴＵＳは泥より生《あ》れて清廉の華を咲かすと刺青みせる
君が胸の蓮の刺青にわが胸を重ねるたびにわれにも咲きぬ

蝶々よ堕ちておいでよぼくのいる地の底にまでさみしいのなら

黒き蝶捕らえんと君がふりかざす青空の下の光れる網よ

夜に向かい手をのばしたる〈青年の木〉その指先の行方みていつ

冷夏のようなしずけさ緑の蝶が舞いあがり街は息をとめる

石を抱き光届かぬ深海へ沈みゆく心地君を愛して

バーボンの氷の溶けるかすかなる音の響きぬふたりの部屋に

君と来て星の市場に螢買い櫟林《くぬぎ》の暗きに入りぬ

踊り子でありし過去世を懐かしみ夢に手足を動かしており

憎まれているならば安し刺草《いらくさ》の声を聞きおり翳りゆく森

燭の火に顔半分を翳らせて君はわが罪語りはじめる

死に近きくちづけをしてなお生きていきさらばえて月光となる

満月の夜更けに帰宅せしわれの髪よりこぼるる罪の草の実

犠牲者の数をテレビのニュースにて見し星の夜の夢に顕《た》つひと

鱗粉を撒き散らしつつ追いて来る白蛾の群れに捕らわれ叫ぶ

殺してもいいのよ捨ててゆくのなら　黒猫の眼の闇に光れり

幸せとひきかえた花束手の中で萎れゆくを凝視しており

ひさかたの陽のふりそそぐ麦畑の白きひかりにけむりつつ消ゆ

蒼天に蜘蛛はレースをひろげゆき盲蜻蛉は翻《ひるがえ》り墜つ

助けてとか細き声の耳元に掠れるをわが悦びとして愉しみとして

降誕祭　聖なる鈴の音近づきぬ粘液の手は檸檬もぎ盗る

一生泥棒　一生罪人　一生泥沼　一生咲かない

いのちを飲み干すような顔をして君は笑った　こんな私に

ツリーの灯うつせる窓の外は雨なぜ幸福は苦しく切ない

大切は大きく切ない　たいせつなたったたひとりの私の家族

もしわれに一枚残る羽あらば捧ぐるものを星降る夜に

花園

玄関を開ければわが家のにおいして夏の終わりの午後の陽の射す

下駄箱のプラダの靴も引き出しの真珠のピアスもわれが捨てたり

愛すとは過去も愛することならん誤ちて見し写真も愛さん

われもまた歌を捧げしひとのいて捨てがたき歌集二冊ありけり

草ひとつなき庭に舞う揚羽蝶夢のなかなる花園をさがし

開け放つ夏の借景小《さ》竹《さ》群《むら》の触れ合う声を抱かれて聴く

過ぎし日の君が誰かにせし仕草温き優しき指のせつなし

白と黒オセロのチップを並べて返す音と時計の秒針の音

連敗のオセロゲームの永久に君には勝てぬ勝てなくてよし

桜

あの頃はきれいだったのなどと言う中高年の恋はさびしく

艫綱《ともづな》を解かれし小舟のごとき身は夜霧の湖《うみ》に漂うばかり

花舗に咲く春の残り香フリージア若からぬ頬そと埋めたり

菜の花の黄のあかるたえ助手席にながめつつ君に幸福を問う

恋人のままに死にたし愚かなる女の希《ねが》い移りゆく空

想い出を塗り替えるため見し花に想いは褪せぬことを知りたり

満開の花が月の夜を隠す何もみるまいいま君のほか

夫婦とは心中すると見つけたり花影映す夜の川のぞく

描きくれし皺ふたつある似顔絵を微笑んで見る桜散る宵

前をゆくヒールの足は花びらをためらわず踏み春を歩めり

過去《すぎこし》の戻らば他の誰でなく君がため咲く桜さくら

窓あけて空仰ぎつつ「ぼくの娘が卒業式を終えました」と告ぐ

われと居て全き幸福になれぬ君と桜舞い散るときをみている

勿忘草に花びらの降る誰にでも優しい性を夕べかなしむ

返済の期限の朝のため息と煙草のけむりわがものとなる

明日なき暮らしを輝かすものは歌だと言いし君に付きゆく

歌くずを拾い集めて歌にすれば新作を書けと静かなる声

苦し気な寝息聞こゆる真夜中に新作短歌スマホにメモす

幾度も寝返りを打つ腕時計眠れぬままに明星をみる

負のカードもつ君こそを愛すべし共に悲しみいよよ華やぐ

花吹雪男盛りの背中みせ一期の夢を狂わせ給え

凮

別の道ありやなきやと想う間に雲は流るるあの夏の空

華麗なるギャツビーのごとあのひとを待ちつづけたる宝石の夏

東京タワーが傾く　わが胸に　死ぬほど帰りたかった東京

捨てられた言葉のかけらを貘が食べ夜明けに寝言ひとつこぼるる

遠足で蛇をみたこと泣いたこと話していないたくさんのこと

三通りある〈かなしい〉のすべての文字のかなしみを教えてくれた

お不動はここら辺りとぬばたまの闇に向かいて賽銭投げる

滝つぼに風が吹いていると呟けば風が生まれると君言い直す

祝宴の集いにゆかずこの街のいつもの店でグラスをあげる

送り火を終えしさ庭に佇みて音のみの花火ながめておりぬ

三日月が三日月抱く形にて眠りをねむる永遠と思う

わが捨てし町にゆく朝用のなき君も早くに起き出でにけり

わが捨てし町にゆく朝バス停に蟬の亡骸ひとつ転がる

「フェルメールの青」と記せし夏の日のポストカードは湖の底

青空

ふしだらな夢ばかりみて不謹慎な人生を送ってまいりまして冬

幸福な夢などはもうみられないかもしれないと思いながら夏

鳥籠でもがきし鳥の散る羽の真白の散乱君が愛した

トンネルの先の四角の風景は光かたむく晩秋の海

寺山の歌のようだと空をゆく白きかもめをステッキは指す

干す鯵の臭える路地を歩みおり振り向けばひとりまたひとり消ゆ

晩白柚《ばんぺいゆ》・木通《あけび》・花梨《かりん》の成る庭を清潔な秋の光の射しぬ

前になり後ろになりて笑いつつこのいまを夢のごとき永遠

酔いどれの美魔女の唄う「カスバの女」エンドレスで聴く小田原の夜

カラオケの画像の砂山フロアーにこぼれ落つるをよろけつつ踏む

役終えて濃い水割りを二杯飲みはじまる幹事の昭和歌謡ショー

唄うたびわが身に沿いて唄いつつかなしくなりぬ「桃色吐息」

カウンターに浅く腰掛け慣れた風でママにビールつぐ君の指みつ

取り返しのつかないことのあまたありそのひとつ恋人には戻れない

青空にパラソル振ってさようならはじめから冗談だったと笑い

檸檬

愛《かな》しかる過去を葬り玄関に君が植えたるシンボルツリー

ようやくに胸まで届く檸檬の木つめたい雨に病葉落とす

誕生日の朝の記念にたったひとつ実る檸檬を収穫したり

未だ青き檸檬を握り手を振りぬ君の背中は雨に消えゆく

少し走り少し止まりてまた走るバイクの音を霧雨に聞く

雨の日に届く手紙のブルーインクわたしの名前が涙を流す

翼

三人で動物園にゆきしことありピカチュウの流行りし頃よ

笑いながら手をふりながら遠ざかる姉と妹の回転木馬

湖は凍らぬという永遠に消ゆることなき想い出のごと

スワンのボートに乗りき別れると知らず家族も恋人たちも

嘘つきと呼ばれ礫《つぶて》の雨が降る君だけはわれを信じると言いき

多くの鳥の中からみつけるのは簡単でした折れた翼を

君といることはぼくの罰というあなたといることが私の罪

親に会えぬ子、子に会えぬ親を想いしがいまわかるどうってことない

いつもより遅れて銀杏の散りはじめ夜の舗道は黄金に染まる
ただいま　帰って来たのよ東京に帰って来たのよあなたの胸に

粉雪

粉雪舞う那須高原の道沿いに原色の旗飾る店あり

泰《タイ》・印度《インド》・尼波羅《ネパール》・越南《ベトナム》・印度尼西亜《インドネシア》・中国《チャイナ》集えるアジアンバザール

透きとおる冷気に白く漂えるイランイランのお香の煙

賑やかに並ぶ雑貨のいくつかに蓮の描かれ選りて楽しき

家中を蓮で飾ろうぼくたちの夢の雑誌の名前のように

紙袋両手に下げてうっすらと雪の積もりし駐車場に走る

髪に載る雪を指差し笑い合う車に乗り込み手を温め合う

山道を怖がるわれの手を握り君は片手で運転したり

ピアノ曲流して雪の舞い踊る白樺林をドライブしたり

リビングの蓮の香炉とお守りのバリ人形の埃を払う

羽音

地下鉄の駅を出ずれば電飾の螢が光る師走の街に

二年過ぎ背中に届くわが髪の都会の夜に哀しく靡く

水無月の螢を髪に纏わせてひとに抱かれし川のほとりよ

クリスマス間近の楽器店街に煌き並ぶデューゼンバーグ

ハスキーな声、眼差しのよぎりしも歌人協会の集いに急ぐ

君なしの長き年月その意味を神様に問う何も答えず

真夜中の羽音のごとく君が泣くわたしの胸の寂しさのなか

解説・あとがき

解説　羽音のような純粋さを「異形の君」に捧げる人

――森水晶歌集『羽』に寄せて

鈴木比佐雄

森水晶さんの短歌には、自己の内面の純粋さを貫いて生きようとする激しい衝動を感じる。その衝動の熱量の激しさによって周りの人びとを傷付けることが解っていても、その罪深い宿命を生きざるを得ない姿が立ち上がってくる。築き上げてきた家族や愛する人の運命を変えてしまうことになる存在の揺らぎとも言える葛藤が、短歌のリズムを極限に追い詰めながら真実の言葉として表出されてくる。しかしそんな不安と戦きをどこか他者のように冷静に見つめて記しているのが森水晶さんの短歌の特徴なのだろう。戦前の柳原白蓮のように夫を捨てて年下の「君」へ走った激しい恋情が痛みのように刻まれている。ただ森水晶さんはかつての夫への罪深さを抱き続け、人間がこの世に生きることの根本的な罪深さや寂しさを感ずるようになり、傷ついた内面の純粋さを象徴する「羽」を再生させて新たに羽ばたいていこうとしている。新歌集『羽』を論ずる前にそれ以前の歌集を紹介しておきたい。

初めての私家版歌集『アウトロー』に次のような自分とは何者かと確認する短歌がある。

〈屋根の上天使《エンジェル》が翔ぶ着陸の場所を探して我の屋根の上〉

〈性格破綻者の詩集ばかりを読みつげばひとりぼっちが怖くなくなる〉

〈純粋で在るということ考えて胸が苦しく一杯の水〉

〈いいひとになんかなりたくない競馬場のゴミみたいに生きてゆきたい〉

〈自分であることをこの世でとおすのは恐ろしき地獄とひきかえなり〉


森水晶さんは「天使」が自分の家の屋根を着地場所と選んでくれることを信じている。その天使はきっと「詩の女神」であったろう。また「純粋で在ること」が生きる指針でありそのことを心掛けているようだ。ただ「天使」や「純粋で在ること」は、「いいひと」ではなく、「競馬場のゴミ」と言われようが、「恐ろしき地獄」に遭遇することも覚悟しなければならないし、純粋に自由になるための代償がこの歌集には予見されている。森水晶さんにとって短歌は自らの決意を促し、志を刻んでいく真実の言葉として立ち現れてくる。


第一歌集『星の夜』の中には次のような天国と地獄を抱えた短歌が共存する。

〈天国の記憶よ甘きかすれ声われに降りそそぐはちみつの雨〉

〈涙溜め首締めあぐる夫よ夫、愛残るなら殺してみせよ〉

〈晴れならば花を見にゆく嵐なら…悪魔のわれはひとり微笑む〉

〈たえまなく降りつむ雪は羽になり真白にそめぬ罪深き背を〉

〈ほんとうに好きなひとといることはしんとさみしいずっとふたりきり〉

甘美な「天国の記憶」を想起しようとしている森水晶さんは、夫と別れるため死をも覚悟した修羅場を通して、自分が悪魔のような残酷な心を抱いていることに気付き、笑うしかなくなってきた複雑な心境を記す。このような生死の淵に立たされた負のエネルギーを書き記すことによって、これらの短歌はより人間の愛憎の深層を描き得た。そして自分の背には雪が白い羽のように降り積もり、それは天使の羽ではなく悪魔のような罪深さの羽を背負っていることなのではないかと自己を断罪する。またそんな罪深さを抱えながら「ほんとうに好きな人」といると「しんとさみしい」と感じて、世間から後ろ指を指され今まで経験したことのなかった、二人のだけの孤独を感ずるのだ。

第二歌集『それから』の中では、その罪深い人間存在に救いはあるかと問うていく。

〈罪深きわが身はもはやひび割れし玻璃のごとくに風に怯える〉
〈ひとはみな生きているだけで罪深くしずかにこうべを垂るる聖夜〉
〈人でなく獣でもなくただひとつの阿修羅と化して腕切り刻む〉
〈しろたえの雪の面にくれないの血を吐くごとく歌かいてみな〉
〈いつの日か儚く消ゆる五月なら強く烈しく美しくあれ〉
〈いまはまだ夜の手前の燃える空あかあかあかと燃えあかあかあかと今〉

自己の存在を「ひび割れし玻璃」のように感じて風に怯えるようになる。「ひとはみな生きているだけで罪深く」という原罪意識を持たなければ自己を支えられなくなり、自分は人ではなく「阿修羅」なのだと自覚していく。「阿修羅」ならば自らの「くれないの血」で雪の上に歌を書けるはずだと言い放ち、この世の命の儚さを憂うる前に、生の満ちる五月のように「烈しく美しくあれ」と願い、「内面の純粋」を「燃える空」のように「あかあか」と今を燃やしたいと決意していくのだ。

新歌集『羽』は、第一歌集、第二歌集を締めくくる三部作として位置づけている。

〈同じ羽をもつ鳥は群れ異形なるわれらはぐれて星空に会う〉
〈それでもこの世は生きる価値のあるうつくしい場所と君は笑った〉
〈もし罪があるというならいま君がひとつの夢を怠ることだ〉
〈いくつもの雨くぐりぬけ会いにゆくすべて失う恋と知りつつ〉
〈もしわれに一枚残る羽あらば捧ぐるものを星降る夜に〉
〈鳥籠でもがきし鳥の散る羽の真白の散乱君が愛した〉
〈真夜中の羽音のごとく君が泣くわたしの胸の寂しさのなか〉

新歌集の「君」はかつての夫や「ほんとうに好きな人」でありながらも、その枠を超えて、「異形の羽」を持ち「この世は生きる価値のあるうつくしい場所」と言う新たな「君」であるように思われる。そんな「君」である読者に向けて、本当の罪とは「ひとつの夢を怠ることだ」と告げる。礫のような「いくつもの雨をくぐりぬけ」て、内面の純粋さであり羽音のような響きを森水晶さんは、「異形の君」に捧げたいと願っているのだろう。

あとがき

第一歌集『星の夜』、第二歌集『それから』、そして今回の第三歌集『羽』をもって、「私小説歌集三部作」が完成した。

小説のように、或いは映画のようにストーリー性のある歌集を作りたかった。このようなものは、一首独立が原則の短歌でやるべきことではないのかもしれない。だからこそ敢えてやりたかった。誰もやっていないことを私はやりたいのだ。

『羽』は『星の夜』や『それから』の「あとがき」で予告した内容とは、かなり異なるものになっている。それは当時と現在の私の状況が大分変わってしまった為である。

私小説のモデルとなる「君」は、過去二冊の歌集の「君」とは別人になってしまった。『星の夜』と『それから』の「君」は、今回「君」という呼び方として登場するのはI章のみだ。彼とのことはもう、遠い清らかな想い出となった。

第一、第二歌集はながらみ書房にお世話になったが、今回は縁あって、コールサック社の「銀河短歌叢書」として出版することとなった。短歌の世界以外の広い読者に『羽』を届けることが出来るだろう。遠くに球を投げたいと思っていた私には大変嬉しいことである。
発行にあたり多大なるお力添えと美しい解説をいただいた鈴木比佐雄氏、担当の座馬寛彦氏には、この場を借りて厚く御礼申し上げます。

二〇一六年十二月

森　水晶

森 水晶（もり　すいしょう）略歴

1961年、東京都杉並区生まれ。日本大学芸術学部放送学科卒。詩歌探究社「蓮」共同代表。響短歌会、埼玉県歌人会、日本歌人クラブ、現代歌人協会、各会員。

著書

歌集『アウトロー』（私家版）
歌集『星の夜』（ながらみ書房）第二回日本一行詩協会（角川春樹主宰）新人賞受賞、第一回日本短歌協会賞次席
歌集『それから』（ながらみ書房）
合同歌集『野蒜』（私家版）
句集『悪の華』（詩歌探究社）

現住所　〒175-0082　東京都板橋区高島平5-40-9　石川方

COAL SACK 銀河短歌叢書3
森水晶　歌集『羽』

2016年12月14日初版発行
著　者　森　水晶
編　集　鈴木比佐雄・座馬寛彦
発行者　鈴木比佐雄
発行所　株式会社 コールサック社
〒173-0004　東京都板橋区板橋2-63-4-209
電話 03-5944-3258　FAX 03-5944-3238
suzuki@coal-sack.com　http://www.coal-sack.com
郵便振替　00180-4-741802
印刷管理　（株）コールサック社　製作部

＊装画　石川幸雄　＊装丁　杉山静香

落丁本・乱丁本はお取り替えいたします。
ISBN978-4-86435-279-6　C1092　￥1500E